Pep Molist   Maria Espluga

ARENA EN LOS ZAPATOS

Combel
EDITORIAL

Pablo, el bibliotecario, sonrió cuando vio a María en el rincón de la biblioteca para los más pequeños. Estaba rodeada de libros.

María, por fin, se había quedado sola. Su madre había salido un momento.

María, muchas veces, había visto brillar los ojos de sus hermanos cuando hablaban de lo maravilloso que era meterse dentro de un libro: los tesoros que habían buscado, los amigos que habían hecho...

Había llegado el momento de hacer como ellos.
Primero, buscó la puerta por la que meterse dentro
del libro. Y la encontró en medio de un cuento que
su madre le había leído a menudo. Era una puerta
alta y muy ancha, dibujada sobre una doble página.

Al otro lado de la puerta, se veía la arena de una playa, las olas que rompían y dos niños que jugaban. Más lejos, el mar azul oscuro, el cielo azul claro, alguna nube blanca y un sol grande.

Después, María puso el libro sobre la moqueta, abierto en la página donde estaba la puerta.

Apiló unos cuantos cojines a su lado. Se subió encima y se dejó caer sobre el dibujo.

Sintió que el libro era muy duro y cayó al suelo. Dos lágrimas estuvieron a punto de saltarle de los ojos, pero María era muy tozuda.

Así que intentó introducir la mano dentro del libro tal como hacía en la bañera de casa. Pero el libro era como una bañera llena de agua helada que no dejaba pasar ni la mano, ni el pie, ni nada de nada.

María quería con todas sus fuerzas contarle a su madre lo que había encontrado dentro del libro. Por eso no se dio por vencida.

Cogió el libro abierto y lo levantó con ambas manos por encima de su cabeza, como una camiseta que fuera a ponerse. Y lo hizo bajar, muy despacio, como un avión de papel.

Pero al llegar al cabello, ya no pudo bajar más.
No había manera.
—¿Cómo harán Paco y Abel para meterse dentro de
los libros? —se preguntó.

Entonces, María se echó al suelo, boca abajo y con la mirada sobre el libro. Lo abrió por la primera página y empezó a leer poco a poco. No sabía hacerlo mejor. Tenía seis años.

Un rato más tarde, Pablo fue hacia donde estaba María, pero sólo encontró un cuento abierto sobre la moqueta.

Se fijó por un momento en aquella página donde a través de una puerta se veía una playa, las olas que rompían y tres niños que jugaban.

Lo cerró y lo ordenó entre los cuentos que comenzaban por la letra **P**, de **Puerta mágica**, de **Pulgarcito**, de **Pequeño rey de las flores**.

En ese momento, la madre de María entraba en la biblioteca.

–¡Es hora de cerrar! –dijo Pablo.

–Vengo a buscar a María.

—Me parece que no hay nadie.
Y al decir esto, detrás de Pablo se oyó el ruido de un
libro que había caído al suelo.

–¡Hola mamá, estoy aquí!
Era María, corriendo hacia los brazos de su madre.

Estaba contenta, le brillaban los ojos y también los zapatos. En la suela, llevaba arena pegada.

CABALLO ALADO

serie al PASO

Recopilaciones de narraciones dirigidas a niños y niñas a partir de 5 años. Las ilustraciones, llenas de ternura, dan personalidad a unas historias sencillas que los más pequeños podrán leer solos.

serie al TROTE

Recopilaciones de cuentos dirigidos a aquellos pequeños lectores que ya empiezan a seguir el hilo narrativo de una historia. Los personajes de estas historias acompañarán a niños y niñas en la aventura de leer.

serie al GALOPE

Serie de títulos independientes para pequeños lectores a partir de 6 años. Historias llenas de fantasía, ternura y sentido del humor que harán las delicias de niños y niñas.

Para Montse Comajuncosas y Ramona Claparols,
gracias a las cuales llevo *Arena en los zapatos*.

© 2001, Pep Molist y Maria Espluga
© 2001, Editorial Esin, S.A.
Caspe, 79. 08013 Barcelona – Tel.: 93 244 95 50 – Fax: 93 265 68 95
combel@editorialcasals.com
Diseño de la colección: Bassa & Trias
Primera edición: septiembre 2001
ISBN: 84-7864-565-9
Depósito legal: M-23191-2001
Printed in Spain
Impreso en Orymu, S.A. – Pinto (Madrid)